GUÍA DE LECTURA

Escrita por Sophie Urbain
Traducida por Tamara Montes Blanco

Moby Dick

de Herman Melville

Entiende fácilmente la literatura con

ResumenExpress.com

www.resumenexpress.com

HERMAN MELVILLE

ESCRITOR AVENTURERO

- **Nacido en 1819 en Nueva York (Estados Unidos)**
- **Fallecido en 1891 en la misma ciudad**
- **Algunas de sus principales obras:**
  - *Pierre o las ambigüedades* (1852), novela
  - *Benito Cereno* (1855), relato
  - *Bartleby, el escribiente* (1856), relato
  - *Billy Budd, marinero* (1891, publicación póstuma en 1924), novela

Melville nace en una familia burguesa comerciante de Nueva York. Vive una infancia difícil, durante la que debe hacer frente a la muerte de su padre cuando tiene trece años. En 1841, se une a la tripulación de un ballenero y deserta al cabo de dieciocho meses de navegación, con ocasión aprovechando una escala en las islas Marquesas, donde vivirá varios meses en una tribu caníbal. Logra escapar y navega a bordo de diferentes balleneros antes de embarcar en un navío militar americano que le lleva a Boston en 1844.

Sus aventuras en el mar inspiran sus novelas, tales como *Taipi: un edén caníbal* (1846), que cuenta su estancia en las Marquesas. *Moby Dick* se publica en 1851, pero será un fracaso total, igual que *Pierre o las ambigüedades* (1852). Les sucede lo mismo a sus relatos, *Barbley, el escribiente* (1856) y *Benito Cereno* (1855), que no alcanzan ningún éxito. Para satisfacer sus necesidades, Melville se ve obligado a aceptar un puesto de inspector de aduanas en Nueva York. Muere en

1891 en la pobreza y el anonimato.

MOBY DICK

UNA ODISEA SIMBÓLICA

- **Género**: novela
- **Edición de referencia:** Melville, Herman. 2009. *Moby Dick*. Traducido por Maylee Yábar-Dávila y José Luis García. Madrid: Alianza Editorial
- **Primera edición:** 1851
- **Temáticas:** mar, caza, ballenas, fe, orgullo, venganza, hombre en lucha contra el mal

Moby Dick es una novela casi inclasificable por todos los géneros que toca. En ella, se cuenta la historia de Ismael, un joven marino que desea volver al mar y decide embarcarse en un ballenero. Con su compañero Queequeg, se enrolan en el Pequod, el navío del terrible capitán Ahab. En el mar, el capitán y su tripulación dan caza a las ballenas, para recolectar su preciado aceite, que después venderán en los puertos. Pero Ahab persigue en realidad otro objetivo: encontrar a Moby Dick, la monstruosa ballena blanca que le arrancó la pierna, y vengarse de ella.

Publicada en 1851, *Moby Dick* es ignorada por todos, tanto por el público como por la crítica. No se la conoce como una de las novelas más importantes de la literatura americana hasta muchos años después de la muerte de su autor. Sin embargo, su éxito tardío la convierte en objeto de un gran número de adaptaciones, tanto cinematográficas y televisivas como teatrales y literarias.

PRIMERA PARTE — SED DE OCÉANO

Ismael, el narrador de la historia, es un joven marino que quiere embarcar a bordo de un navío para cazar ballenas. Durante su busca, descubre New Bedford y Nantucket, dos puertos balleneros con gran reputación en Estados Unidos en aquella época, así como toda la atmósfera de los grandes puertos pesqueros: muelles brumosos y posadas animadas llenas de marineros que esperan la hora de zarpar.

En la posada en la que se hospeda antes de embarcar, Ismael conoce a Queequeg, un indígena de las islas del sur, arponero, con el cuerpo cubierto de cicatrices y que lleva consigo a todas partes una cabeza humana y un ídolo negro. Juntos, ambos hombres se enrolan en el Pequod, el navío de los armadores Bidag y Peleg, viejos lobos de mar ya jubilados, comandado por el enigmático capitán Ahab. Antes de zarpar, conocen a un misterioso individuo llamado, proféticamente, Elías, que los suplica que no embarquen a bordo de ese navío de infortunios. En efecto, el Pequod tiene un aspecto inquietante, totalmente adornado con restos de sus enemigos: huesos de marfil y barbas de ballena (láminas córneas que tiene este cetáceo en la mandíbula) decoran el navío, mientras que la pata del capitán está tallada en una mandíbula de cachalote.

SEGUNDA PARTE — UN MISTERIOSO CAPITÁN

Toda la tripulación conoce el drama del capitán Ahab: durante su precedente viaje, encontró una monstruosa ballena blanca, la persiguió por el mar y perdió la pierna luchando contra el animal. Todos los balleneros conocen bien a este monstruo blanco: se trata de Moby Dick. Asimismo, en esta segunda parte, el lector se enfrenta a la cetología, la ciencia de los cetáceos.

Ya que no puede describir al capitán, siempre invisible para la tripulación, Ismael da al lector información sobre los miembros de esta tripulación, que compara con caballeros y escuderos. Están los oficiales, siempre norteamericanos, comandantes de balleneros y también segundos de a bordo —Starbuck, Stubb y Flask— y sus arponeros profesionales, extranjeros —Queequeg, Tashtego y Daggoo—. El resto de la tripulación también está compuesta de hombres de origen extranjero. Hasta el capítulo XXVIII no aparece el capitán Ahab, con lo que hasta entonces Ismael no tiene ocasión de retratarlo.

TERCERA PARTE — LA CAZA DE LA BALLENA

Tras varias semanas de navegación, el capitán Ahab reúne a su equipo en la popa del navío y le explica sus auténticas intenciones: no han embarcado para cazar cualquier ballena para el comercio, sino que en realidad persiguen a Moby Dick, para que Ahab pueda vengarse. El capitán, a través de un discurso inspirador y un poco de motivación pecuniaria —una onza de oro para quien vea primero a la ballena—, consigue convencer a sus hombres de que lo sigan en su persecución, a pesar de las reticencias de Starbuck, su segundo de a bordo: «[Y]o he venido aquí a cazar ballenas, no a perseguir la venganza de mi comandante. ¿Cuántos barriles os dará vuestra venganza, aun en caso de obtenerla, capitán Ahab?» (Melville 2009, 268).

El Pequod se cruza con otros muchos navíos (el Albatros, el Town-Ho, el Jeroboam, el Jungfrau, el Capullo de Rosa, el Samuel Enderby, el Bachelor, el Rachel y el Delight), a los que Ahab saca información sobre la ballena blanca: ¿ha sido vista recientemente? ¿Cuándo y dónde?

A la espera de encontrar a Moby Dick, el Pequod navega de un lado a otro y caza a las ballenas que encuentra por el camino. La descripción de las escenas de caza tiene un tono al mismo tiempo lírico y realista y se alterna con digresiones sobre la anatomía y el comportamiento de las ballenas y sobre las técnicas de caza y de despiece. El narrador explica también cómo se utilizan las diferentes partes del cuerpo de la ballena: su grasa sirve para la fabricación de aceite para las velas; su carne es consumida por los marinos; su esper-maceti (órgano situado en la cabeza) se recoge para hacer velas de gran calidad; los huesos y las partes inservibles se emplean como combustible en las calderas del navío. Todas estas digresiones sirven de algo a la historia: crean una mitología en torno a la ballena, y a Moby Dick en particular, lo que aviva el deseo del lector de verla surgir en la superficie del agua para que Ahab cumpla finalmente su propósito.

CUARTA PARTE — LA ÚLTIMA PERSECUCIÓN DE AHAB

Una vez encontrado el rastro de la ballena blanca, el Pequod la persigue durante tres días. La persecución se convierte en un combate cuerpo a cuerpo cuando Moby Dick avanza con la boca abierta de par en par, agarra el bote de Ahab, y este sujeta la inmensa mandíbula para que suelte su presa. Moby Dick gana: un gran número de embarcaciones queda destrozado el primer día, y los marinos vuelven al navío antes de que caiga la noche.

El segundo día, Moby Dick aplica la misma táctica: destruye varios botes y se lanza sobre el de Ahab, cuya pierna de marfil se hace trizas en la contienda. El Pequod recoge a los náufragos y el carpintero del navío se afana en reparar la pierna rota del capitán. Los marinos también se dan cuenta de que Fedallah, el arponero de Ahab, ha desaparecido. El tercer día, al no ver a la ballena, Ahab piensa que la han adelantado durante la noche y ordena dar la vuelta. Starbuck, el segundo de a bordo, está convencido de que no hay lugar para la victoria contra este monstruo y que seguir su rastro es una ofensa hacia Dios. Aun así, Ahab ordena que bajen los botes, y todos buscan a Moby Dick en las calmas aguas del mar.

De pronto, reaparece saltando desde las profundidades y, de un coletazo, separa la flota de los botes, destroza las embarcaciones de los dos segundos de a bordo y deja intacto el bote de Ahab. Cuando se da la vuelta para volver a la carga, los marinos descubren, horrorizados, el cuerpo hecho pedazos de Fedallah enmarañado en los sedales y los arpones clavados la víspera en el cuerpo del monstruo. Ahab está más decidido que nunca. Cuando alcanza el flanco de la ballena, lanza su arpón. Moby Dick gira hacia un lado y vuelca la embarcación de Ahab. Cuando se dispone a lanzarse sobre el bote para destrozarlo, el sedal se rompe; entonces Moby Dick cambia de dirección y se lanza directamente hacia el Pequod, que presencia la escena en la distancia. Ahab se apresura a volver al navío, pero la proa de su bote, debilitada por Moby Dick, se rompe, lo que deja entrar el agua. La tripulación que queda en el navío ve venir a Moby Dick, que, como si de la ola del juicio final se tratase, rompe de un cabezazo la proa del Pequod. Lleno de rabia por la pérdida de su navío, Ahab vuelve a lanzar su arpón, el sedal se enreda, Moby Dick se lanza sobre el capitán y lo arrastra hacia el fondo. Toda la tripulación perece, arrastrada por el navío que se hunde en el agua.

Tan solo Ismael, agarrado a unos restos que flotan, ha presenciado toda la escena y ha sobrevivido. A la deriva en un trozo de su bote, es rescatado por el Rachel, el navío que busca hombres desaparecidos en alta mar: «[V]olviendo a buscar a sus hijos desaparecidos, sólo encontró otro huérfano» (Melville 2009, 863). Una sola vida perdonada, un solo testimonio de la historia, como lo anuncia esta frase extraída del libro de Job, que forma parte del Antiguo Testamento, al principio del epílogo: «Y sólo yo escapé para contároslo» (Melville 2009, 862).

ESTUDIO DE LOS PERSONAJES

LOS PERSONAJES PRINCIPALES

Ismael

Atraído por la alta mar, Ismael quiere embarcar en un navío para participar en la caza de la ballena:

> «Entre todos estos motivos, el principal fue la abrumadora idea de la gran ballena en sí misma. Ese portentoso y misterioso monstruo despertaba toda mi curiosidad. Además de por los embravecidos y distantes mares por donde ella ondularía su mole de isla, por los subyugantes peligros sin nombre de la ballena: todo esto, junto con las maravillas previstas en miles de visiones y sonidos patagónicos, contribuyeron a persuadirme en mi deseo. [...] [Y]o estoy atormentado por el eterno gusanillo de las cosas remotas. Me encanta navegar por mares prohibidos y desembarcar en costas bárbaras» (Melville 2009, 38).

Su nombre, referencia bíblica, también define su carácter: es un solitario, un marginal, un exiliado que se siente alienado en la sociedad humana y huye de ella. En la Biblia, Ismael es el hijo de Abraham. La esposa de este último, Sara, que no consigue darle descendencia, empuja a su sirvienta, Agar, a los brazos de su marido. De esta unión nace Ismael. Pero, más tarde, Sara consigue finalmente dar un hijo a Abraham, Isaac. Para que este sea el único heredero de Abraham, Sara obliga a Agar y a su hijo a exiliarse en el desierto.

Esta marginalidad también se traduce en la elección de la posada al comienzo de la novela: Ismael apuesta por una posada tranquila, casi desierta, aunque haya pasado por delante de otros establecimientos, más ruidosos, más animados. El aislamiento de Ismael también se percibe en su rechazo al contacto humano, especialmente cuando el posadero le anuncia que tendrá que compartir su cama con otra persona. En un primer momento, se niega y prefiere dormir en un banco en la sala común de la posada. Más tarde, en el navío, Ismael no establece lazos especiales con los otros miembros de la tripulación, excepto con Queequeg, su compañero de posada; se contenta con estar ahí, presente.

Es testigo de la historia, pero no parece —o no quiere— formar parte de ella. Presencia las actividades a bordo del Pequod, pero la acción parece desarrollarse antes sus ojos sin que él participe realmente. Da la impresión de que es un observador colocado en el barco para describir qué ocurre en él.

Ahab

Alto y de espaldas anchas, es un hombre robusto de pelo cano. Una lívida cicatriz blanquecina le nace entre las raíces de los cabellos y le desciende a lo largo de la cara y del cuello hasta desaparecer entre su ropa. Nadie sabe si se trata de una mancha de nacimiento o de la marca de una herida pasada. Perdió la pierna en un enfrentamiento anterior con Moby Dick, por eso lleva una prótesis de marfil moldeada a partir de una mandíbula de cachalote. Los golpes de esta pata de marfil sobre la cubierta del barco despiertan a los marinos cada noche. Su tenacidad y su obsesión con perseguir a Moby Dick cueste lo que cueste lo llevan a quedarse encerrado en su camarote para estudiar las cartas de navegación y buscar en vano el lugar en el que podría estar escondido el monstruo blanco:

> «[C]asi todas las noches las noches borraba algunas marcas de lápiz y las sustituía por otras. Pues con las cartas de los cuatro océanos ante él, Ahab tejía un laberinto de corrientes y remolinos con la finalidad de llevar a cabo con más acierto aquel monomaníaco propósito de su alma. [...] Ahab, que conocía las situaciones de todas las mareas y corrientes; y por eso calculaba las fluctuaciones del alimento de la ballena; y teniendo en cuenta también las épocas adecuadas de su cacería en determinadas latitudes, podía llegar a alcanzar hipótesis razonables, casi certezas, con respecto al día más oportuno para estar en tal o cual lugar en busca de su presa» (Melville 2009, 318-319).

Asimismo, Ahab disimula de cara a sus marinos, no les habla del auténtico propósito del viaje. Su proyecto no se desvela hasta el capítulo XXXVI, aunque el Pequod soltó amarras en el capítuloXXII. Además, Ahab promete una recompensa de oro (un doblón) al que vea primero a la ballena blanca. De este modo, pone en juego el interés personal de los marinos y desaparece el interés comunitario del conjunto de la tripulación. De hecho, cada miembro de la tripulación percibe una parte de los beneficios de la pesca en función de la habilidad demostrada y del trabajo realizado a bordo. Entonces, Ahab desvía la empresa comercial en beneficio de una venganza personal.

Con todo calculado y sin perder de vista su objetivo último, el viejo capitán prosigue durante un tiempo la caza de ballenas normales, puesto que en el camino que ha de llevarles hasta Moby Dick, los marinos sacan varias veces al agua sus balleneros para matar algunos cetáceos.

Moby Dick

Moby Dick es un cachalote blanco monstruoso y malvado:

> «Ya que no era sólo su masa poco común la que la distinguía tanto de los demás cachalotes, sino, como se propuso en alguna otra parte, una peculiar frente arrugada y una blanca joroba, alta y piramidal. [...] El resto de su cuerpo estaba tan surcado y manchado con el mismo tono de mortaja marmórea que, al final, se ganó su denominación distintiva de "Ballena Blanca" [...]. No era su inusitado tamaño, ni su notable coloración, ni siquiera su mandíbula inferior deformada lo que investía a la ballena de un terror innato, sino esa inteligente maldad sin precedentes que, según habían informado algunos con detalle, mostraba una y otra vez en sus asaltos. Más que nada eran sus traicioneras retiradas las que producían mayor consternación. [...] [E]ra tal la infernal premeditación de ferocidad de la Ballena Blanca, que cualquier mutilación o muerte que producía no se consideraba causada por un ser irracional» (Melville 2009, 295-296).

Es, para los marinos y sobre todo para Ahab, la personificación del mal: «La Ballena Blanca nadaba ante él como la encarnación monomaníaca de todas esas fuerzas malignas que algunos hombres profundos sienten que los devoran en su interior, hasta el punto de quedar viviendo con la mitad de un corazón y la mitad de un pulmón» (Melville 2009, 297). Desde que este monstruo le arrancó la pierna a Ahab durante la última temporada de caza ballenera, este la persigue sin descanso a través de los océanos para vengarse de ella, pero resultará que la ballena es más poderosa que él.

LOS OFICIALES Y LOS ARPONEROS

Starbuck

Natural de Nantucket y primer segundo de a bordo del Pequod, Starbuck es un hombre alto y delgado de apariencia seria, con la cara y el cuerpo marcados por sus numerosos viajes. Su piel está tan curtida por las corrientes de aire caliente que recuerda a una masa de galleta quemada y parece «estar preparado para resistir los largos años venideros, y para durar para siempre, como ahora; [...] ya fuere que hubiese nieve polar o tórrido sol» (Melville 2009, 195). Starbuck es el único que osa plantar cara al capitán Ahab. Concienzudo en su tarea de marino, hace gala de una inteligente superstición, y sus presagios y presentimientos a menudo resultan cumplirse.

Stubb

Natural de Cabo Cod, Stubb, el siguiente segundo de a bordo del Pequod, es un hombre indolente, ni cobarde ni valiente. Muestra cierta indiferencia ante los acontecimientos de la vida, toma los peligros como vienen, «tan alegre al llevar la carga de la vida» (Melville 2009, 201). Tiene un humor sereno y nunca se pasea sin su pipa, que es parte integrante de su fisionomía.

Flask

Natural de Tisbury, Flask es el tercer segundo de a bordo del Pequod. Es un hombre de piel rojiza, bajo y fuerte. No siente ningún miedo ante el aspecto de las ballenas o el peligro que supone seguir su rastro; de hecho, las detesta y adora cazarlas, mostrando tal rabia belicosa que se diría que cada ballena que mata lo ha ofendido personalmente.

Queequeg

Natural de las islas del Pacífico Sur, Queequeg es un hombre alto, con el cuerpo cubierto de tatuajes. Conoce a Ismael en la Posada del Chorro, cuando este último se ve obligado a compartir su cama, por falta de sitio. Una tarde, entablan amistad tras haber fumado pipa juntos. Como es habitual en su país, Queequeg declara que desde ese momento están «casados», lo que implica que morirán el uno por el otro si es necesario.

Ismael dedica un capítulo entero a contar su historia. Aunque se le describe como pagano, Queequeg practica el ramadán al comienzo de la novela. En el Pequod, es el arponero de Starbuck.

Tashtego

Tashtego, el arponero de Stubb, es un indio originario de Gay Head, con el pelo largo y los ojos negros. Hereda su habilidad con el arpón de sus ancestros, que cazaban con arco en los bosques del continente.

Daggoo

Ismael describe a Daggoo como un «gigantesco salvaje, negro como el carbón, con andares de león» (Melville 2009, 204). Lleva grandes aros de oro en las orejas y se dedica a cazar ballenas desde joven. Su altura contrasta con la pequeñez de Flask, de quien es arponero.

Fedallah

De origen persa, Fedallah, «ese hombre del turbante» (Melville 2009, 367), es el arponero del capitán Ahab. Su presencia a bordo no se menciona al inicio del libro, no aparece más que en el momento de la caza a la ballena, en el capítulo L. Stubb y Flask no lo tienen en muy alta estima, ya que lo ven como «el diablo disfrazado [cuyo] colmillo [...] es una especie de talla de cabeza de serpiente» (Melville 2009, 506).

CLAVES DE LECTURA

UNA NARRACIÓN POLIFÓNICA

La novela de Melville es polifónica en el sentido etimológico del término: en efecto, comprende «varias voces». No las voces de diferentes narradores, sino la voz de un único narrador que utiliza matices diferentes: el tono de la narración cambia según las circunstancias. Tan pronto el lector se ve enfrentado al tono serio y moralizador del sacerdote sobre el púlpito, tan pronto se encuentra con el estilo rudo de los marinos, capaces sin embargo de volverse líricos; por ejemplo, cuando Ismael viene a describir el paisaje y las sensaciones de la navegación:

> «Las vastas olas del mar omnipotente; el rugido hueco que hacían y que iba aumentando vertiginosamente mientras pasaban por las ocho bordas, como bolas gigantescas en una ilimitada bolera verde; la breve agonía suspendida de la lancha, como si fuese a volcar por un instante sobre el borde afilado de las olas más altas, que casi parecía amenazarla con cortarla en dos; la profunda y repentina zambullida dentro de los valles y las oquedades acuáticas, los esfuerzos y fatigas entusiastas por alcanzar la cima de la colina opuesta; la precipitada caída como en un trineo por el otro lado; todo esto, junto con los gritos de los jefes y los arponeros; y los temblorosos jadeos de los remeros, junto con la maravillosa vista del marmóreo Pequod, que parecía venirse encima de las lanchas, con las velas extendidas como una gallina enloquecida tras sus chillones polluelos; todo esto era estremecedor» (Melville 2009, 355)

El tono a veces se torna filosófico. El narrador, Ismael, parece perderse de vez en cuando en una suerte de ensoñación, un monólogo interior durante el cual reflexiona sobre su condición, sobre este viaje y sobre el objetivo perseguido, como es el caso del comienzo del capítulo XLIX. El humor y la ironía también están presentes en el navío, como cuando Ismael, tras haber sido rescatado, interpela a Stubb antes de llevar su testamento más allá:

> «Señor Stubb, creo haberle oído decir que, de todos los balleneros que ha conocido, el señor Starbuck, nuestro primer oficial, es con mucho el más cuidadoso y prudente. ¿Debo suponer entonces que dejarse caer sobre una ballena que va a toda velocidad es el colmo de la discreción de un ballenero?» (Melville 2009, 361).

Finalmente, Melville tampoco deja de lado la poesía y el romanticismo, con las que realza las descripciones de los paisajes marítimos.

UN SIMBOLISMO RELIGIOSO

La novela de Melville es simbolista en muchos aspectos. Por un lado, con su gran número de referencias bíblicas: ¿qué decir de los nombres de los personajes inspirados en ciertos protagonistas de la historia del Antiguo Testamento? Ismael, el hijo ilegítimo de Abraham y, por ello, rechazado por todos y exiliado; Ahab, el rey maldito de Israel e irreverente, ya que se casó con Jezabel y edificó por ella un templo para el dios Baal, o incluso Elías, el profeta, del que Ismael no entiende, al principio de la novela, la triste advertencia.

Por otro lado, la fe tiene un lugar importante en la vida de los marinos. De hecho, al inicio de la novela, Ismael y Queequeg visitan una capilla, a la que acuden las familias de los marinos desaparecidos en alta mar y en la que el púlpito del sacerdote parece la proa de un navío. Además, este sacerdote cuenta en su sermón la historia de Jonás, un profeta devorado por un inmenso pez por no haber cumplido con la misión que Dios le había confiado. Por lo tanto, la fe es importante en tierra, para las familias y el entorno de los marinos, que esperan verlos volver sanos y salvos y que rezan por que los infortunios del mar les perdonen la vida; pero también en el mar, puesto que permite a los marinos agarrarse a un clavo ardiendo cuando todo parece estar perdido. Esta creencia en una unidad divina que está por encima de ellos y que mueve el mundo decidiendo las penas y las alegrías de cada quien, esta fe inquebrantable, los reconforta cuando, en el momento en el que se encuentran con Moby Dick, todos se embarcan en los botes, decididos a cumplir la venganza de su capitán.

También encontramos un gran número de corrientes religiosas en la historia: no cabe duda de que el cristianismo está presente, pero también lo está el paganismo (nombre que los cristianos dieron a las creencias politeístas) a través de la tripulación de marinos extranjeros en el Pequod, así como el cuaquerismo (corriente religiosa derivada del protestantismo, basada en una práctica personal de la fe) de los oficiales y del capitán Ahab. Todas estas corrientes de pensamiento religioso se mezclan a bordo del navío, pero todos están de acuerdo en la idea de un Dios universal que se encarga del destino de todos y cada uno.

UN VIAJE INICIÁTICO

La novela de Melville es también el relato del viaje iniciático de Ismael. Para este último, se trata de embarcar en un navío para cazar ballenas.

Durante su periplo, el protagonista busca aferrarse a una figura reconfortante, una especie de padre espiritual, de guía experimentado que le acompañará en el camino que se ha aventurado a seguir. En *Moby Dick*, este papel lo desempeña el arponero Queequeg. Este conoce a Ismael en una posada, en una divertida situación, y ambos entablan una amistad que los une o, más bien, un «matrimonio» que los obliga a cuidar el uno del otro. Después embarcan en el mismo navío y acaban persiguiendo, por fuerza mayor, el mismo objetivo.

A lo largo de esta experiencia iniciática, el protagonista es conducido a abandonar el mundo profano o, dicho de otra manera, el mundo conocido, el mundo tranquilizador, cosa que Ismael hace al embarcar en el Pequod para descubrir un mundo nuevo, el mundo de los balleneros. Persigue a los cetáceos durante horas o días enteros, para matarlos y recoger todos sus frutos (aceite, carne, piel, espermaceti...). Durante la exploración de este universo desconocido, el protagonista afronta varias dificultades: las tempestades y los tifones en el mar, que ponen a prueba con dureza la determinación de los marinos; los días enteros aguardando una exhalación de ballena; la pérdida de camaradas... Asimismo, el protagonista llega a estar al borde de la muerte: en el capítulo XLVIII, mientras que los balleneros persiguen a un grupo de cachalotes en la niebla, una de las ballenas choca contra el bote de Ismael y todos los marinos a bordo salen despedidos hacia el mar. El protagonista ve la muerte de cerca antes de ser rescatado por el Pequod.

El aprendizaje es otra etapa importe de su viaje. El protagonista necesita sacar algo de esta experiencia, debe haber evolucionado para volver de su viaje habiendo sido testigo de lo que ha vivido. Lo que Ismael y, a través de él, el lector, sacarán de este viaje, de esta caza de ballenas y de LA ballena, es que el poder de la naturaleza es siempre superior al del hombre, que no puede tener más que un ínfimo control sobre los acontecimientos de la vida. Volvemos al simbolismo de la novela: hay un poder superior, un Dios universal, que se encarga del destino de todos. Oponerse a este destino, como Ahab antes de naufragar, es un esfuerzo inútil. Es la lección que Ismael ha de sacar de esta aventura y, salvado por estos poderes superiores, como un nuevo profeta, con el alma metamorfoseada pero sin cambios físicos, vuelve al mundo profano para dar a conocer sus vivencias.

AHAB, EL OTRO ULISES

En griego antiguo, Ulises significa «el furibundo». ¿No es acaso Ahab también un hombre encolerizado, animado por su deseo de vengarse del monstruo marino? Es cierto que la comparación entre ambos protagonistas es fácil, pero está totalmente justificada.

Como Ulises, el protagonista de la *Odisea* (epopeya de Homero, poeta griego del siglo VIII a. C.), que yerra por los mares en busca de su patria y con la esperanza de reencontrase con su mujer Penélope, Ahab yerra en busca del objeto de su locura obsesiva desde la temporada anterior: Moby Dick, la monstruosa ballena blanca que le ha arrancado la pierna. Para ambos protagonistas, el viaje es errático, pero tiene un objetivo casi inaccesible que parece alejarse cada día más.

La locura de Ahab se desarrolla cada vez más a medida que la historia lo acerca al objeto de su búsqueda: tan pronto se queda metido en su camarote, farfullando y escudriñando los mapas en busca de la mejor ruta; tan pronto, subido a la cubierta del navío, mira el mar como anestesiado por la ira que lo devora. Sus monólogos y sus exhortaciones a los marinos son signo de la locura que lo consume:

> «Y tan sumido en su pensamiento estaba Ahab, que, a cada monótona vuelta que daba, ya sea a la altura del palo mayor o por la bitácora, casi podríais ver aquel pensamiento girar dentro de él según daba la vuelta, y también caminar dentro de él según él caminaba; y poseyéndolo tan completamente que parecía el patrón interno de todo movimiento externo.
> —¿Lo has notado, Flask? —susurró Stubb—. El polluelo que lleva dentro ya picotea el cascarón. Pronto saldrá.
> Pasaron las horas; Ahab estaba ahora encerrado en su cabina, y pronto volvió a pasearse por la cubierta con el mismo fanático e intenso propósito en su aspecto» (Melville 2009, 263-264).

Si bien Ulises y Ahab son comparables en el plano del viaje, de su camino errático, también son muy diferentes, aunque solo sea en su destino, en el final que les reservan sus respectivas historias. En efecto, a pesar de que todas las tentaciones que se le presentan a Ulises a lo largo de su periplo (las sirenas o la hechicera Circe, que quería que se quedara con ella), el protagonista permanece firme y concentrado en su objetivo último: volver a su país y reencontrarse con su esposa. No sucumbió a los múltiples atractivos del viaje, a las ilusiones de felicidad que vislumbraba, y volvió al mundo real. Sus numerosos desvíos no fueron en vano, sino que afirmaron, incluso intensificaron, su voluntad de regresar.

Es todo lo contrario del capitán Ahab. Este último se deja llevar por su locura, su idea fija de reencontrarse con la ballena blanca, que además —y la duda sería legítima— quizá finalmente no sea más que una ilusión, una construcción fantasmagórica que aparece ante los ojos de los marineros que llevan demasiado tiempo en el mar. Cegado por el odio y la fascinación por este monstruo marino, naufragó, en sentido literal y en sentido figurado. Contrariamente al protagonista de la *Odisea*, su viaje no tenía vuelta y estaba abocado a la muerte.

PISTAS PARA LA REFLEXIÓN

ALGUNAS PREGUNTAS PARA PROFUNDIZAR EN SU REFLEXIÓN...

- La novela de Melville no solo es simbolista, sino también metafísica. Demuéstrelo con ejemplos.
- Algunos capítulos del libro están construidos como actos teatrales (didascalias, mención del nombre de cada personaje antes de que tome la palabra). ¿Cómo modifica el uso de esta forma la percepción de la escena por parte del lector, en comparación con otras escenas de la historia?
- ¿Cómo forja y hace evolucionar esta aventura al personaje de Ismael? ¿Cómo llamamos a este tipo de historias?
- En *Moby Dick*, la espera ocupa un lugar importante para muchos personajes (Ismael, Ahab y los miembros de la tripulación). Explíquelo.
- ¿Qué aportan al relato las numerosas digresiones enciclopédicas sobre las ballenas y el universo de su caza? Argumente su respuesta ayudándose de extractos del libro.
- *Moby Dick* es un reflejo, un microcosmos de la sociedad americana de la época (comienzos del siglo XIX). Explique este punto en base a la organización de la tripulación y de esta cita sacada del libro: «[L]os nativos americanos proporcionan el cerebro y el resto del mundo suministra los músculos con la misma generosidad» (Melville 2009, 205).
- En el capítulo III («La Posada del Chorro», Melville 2009, 45), Ismael, cuando ve a Queequeg por primera vez, dice: «La ignorancia engendra el temor». Comente esta frase

examinando la evolución de la relación entre Ismael y Queequeg. ¿En qué medida se puede acercar esta cita a los numerosos capítulos de cetología que jalonan la novela?

• El final del epílogo, cuando Ismael ve acercarse al Rachel que viene en su auxilio, es bastante irónico, al fin y al cabo. Explique esta afirmación.

• El autor de *Moby Dick* se habría inspirado en hechos reales. Explique esta afirmación investigando sobre los elementos que habrían podido influenciarle.

• *Moby Dick* ha inspirado, a su vez, un gran número de adaptaciones. Compare la película de John Huston (1956) con la novela original.

¡Su opinión nos interesa!
¡Deje un comentario en la página web de su librería en línea,
y comparta sus favoritos en las redes sociales!

PARA IR MÁS ALLÁ

EDICIÓN DE REFERENCIA

- Melville, Herman. 2009. *Moby Dick*. Traducido por Maylee Yábar-Dávila y José Luis García. Madrid: Alianza Editorial.

ESTUDIOS DE REFERENCIA

- Abensour, Corinne y Marianne Goeury. 2004. *La littérature nord-américaine*. París: Pocket, colección *Guides Pocket Classiques*.
- Biblioteca Nacional de Francia, "À la recherché de Moby Dick. Dossier pédagogique". Consultado el 28 de octubre de 2016. http://expositions.bnf.fr/lamer/pedago/moby/index.htm
- Bleton, Thomas. 2015. "*Moby Dick*: La rumeur en voyage". *Zone critique*. 14 de agosto. Consultado el 28 de octubre de 2016. http://zone-critique.com/2015/08/14/moby-dick-herman-melville/
- "Herman Melville 'Moby Dick'". *Revue Indications*, 10 p.
- Niemeyer, Mark. 2006. "*Moby Dick*, un classique américain". *Le Magazine littéraire*, n.° 456. Consultado el 22 de noviembre de 2016. http://www.magazine-litteraire.com/moby-dick-un-classique-am%C3%A9ricain
- Richir, Marc. 1996. *Melville. Les assises du monde*, París, Hachette Livre, 1996.
- Sachs, Viola. 1970. "Le mythe de l'Amérique et *Moby Dick* de Melville". *Annales. Économies, Sociétés, Civilisations*, n.° 6, 1547-1565. Consultado el 28

de octubre de 2016. http://www.persee.fr/doc/
ahess_0395-2649_1970_num_25_6_422299

ADAPTACIONES

Entre las numerosas adaptaciones de la obra de Melville, seleccionamos:

- *En el corazón del mar.* Dirigida por Ron Howard, con Chris Hemsworth y Bredan Gleeson. Estados Unidos, 2015.
- *Moby Dick, la ballena blanca.* Dirigida por John Huston, con Gregory Peck y Orson Wells. Estados Unidos, 1956.
- *Moby Dick.* Miniserie de televisión de tres episodios dirigida Franc Roddam y producida por Francis Ford Coppola, con Patrick Stewart y Gregory Peck. Estados Unidos, Australia, 1998.

www.resumenexpress.com

ISBN ebook: 9782806279996

ISBN papel: 9782806283900

Depósito legal: D/2016/12603/336

Cubierta: © Primento

Libro realizado por <u>Primento</u>*, el socio digital de los editores*